TROISIÈME

BOTTE

A

MONSIEUR J. ,

Par M. J. D.

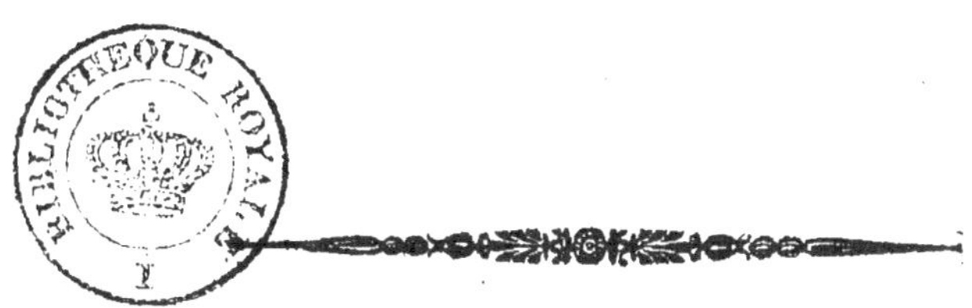

AU MANS,

De l'Imprimerie de MONNOYER, Imprimeur
du ROI.

1818.

TROISIÈME BOTTE

A

MONSIEUR J.

Parbleu, M. J., vous êtes un ennemi bien dangereux et bien redoutable! On ne vous aperçoit point sur le champ de bataille, et toutefois vos flèches acérées, frappant vos adversaires aux endroits les plus sensibles, y restent si fortement attachées et y causent de si cuisantes douleurs, qu'ils jettent les hauts cris et se tordent encore de rage un mois après qu'ils en ont reçu l'atteinte. Semblable à ce perfide enchanteur (1) qui, grimpé sur l'hippogriffe, fondait tout-à-coup, la lance à la main, du haut des nues, frappait ses ennemis au flanc, au visage ou sur les épaules, puis évitait leurs coups en remontant dans les airs avec la rapidité de la pensée; pareil à cet importun moucheron qui, acharné sur un pauvre quadrupède,

« Tantôt pique l'échine, et tantôt le museau,
» Tantôt entre au fond du naseau (2); »

vous échappez à la fureur vengeresse que vous avez insolemment provoquée:

« L'invisible ennemi triomphe, et rit de voir
» Qu'il n'est griffe, ni dent en la bête irritée,
» Qui de la mettre en sang ne fasse son devoir (3). »

(1) L'Arioste, Roland furieux, chant II.
(2) Lafontaine, livre II, fable IX.   (3) *Idem.*

Prenez-y garde, toutefois: la *bête irritée* n'est pas encore morte; elle jette au hasard la griffe à droite et à gauche; à force de vous poursuivre où vous n'êtes pas, elle pourrait bien finir par vous attraper où vous êtes, et vous ne vous moquerez pas toujours du Colin-Maillard.

Mystérieux monsieur J. ou M. J. (car on ne sait plus maintenant si la première de ces initiales indique une qualification ou un nom propre), ne vous lasserez-vous point vous-même de nous tenir en suspens, et de nous alambiquer le cerveau ? Il est vrai qu'il n'est pas impossible que vous ne gagniez quelque chose à prolonger nos doutes, et à mettre en défaut toutes nos conjectures: vous ajoutez par-là, à l'étonnement qu'inspire votre audace, cet attrait piquant de la curiosité dont M. Barbier nous a si bien fait connaître la puissance. Peut-être ne vous voyez-vous pas sans quelque satisfaction vaniteuse, affublé tour-à-tour dans les brochures de vos antagonistes, des premières dignités du département. Le temps est déjà loin, où M. Barbier se contentait de vous désigner comme *un professeur ayant une chaire dans le même séminaire où il a figuré comme apprenti latiniste*; M. Goyet, dans l'un de ses Propagateurs, a insinué que vous pourriez bien être *procureur du Roi près le tribunal du Mans*; dans un autre, en vous renvoyant célébrer les exploits d'*une Pucelle*, il a clairement donné à entendre que vous administrez certaine *sous-préfecture*; et voilà enfin que, pour achever de signaler sa générosité, il vous gratifie de la *préfecture* du département de la Sarthe.

Il faut avouer qu'on ne saurait être plus libéral envers ses ennemis, et vous devez être bien satisfait d'avoir obtenu d'eux tant de bons emplois en si peu de temps. En dernière analyse, il résulte de tout ceci que vous êtes un véritable Protée, une espèce de monstre à plusieurs têtes, ou que M. Goyet ne vous a pas deviné encore. Hydre ou sphynx, on ne peut rendre un plus grand service à l'humanité que de vous poursuivre sans relâche, de vous combattre à toute outrance ; et c'est un devoir dont on ne saurait disconvenir que MM. Goyet-Œdipe, Hercule-N. et Barbier-Thésée ne s'acquittent, à l'envi, de la manière la plus brillante et la plus glorieuse.

Mais réellement, M. J., est-il bien vrai que monsieur Goyet ne vous ait pas deviné sous le domino blanc qui vous couvre ? Examinons bien son dernier écrit, et voyons si vous oserez nous dire : *Ce n'est pas moi.*

Depuis que M. Goyet a reçu chez lui un étranger dont les traits le frappèrent, M. Goyet ne le reconnut pas d'abord ; mais l'étranger lui rappela des circonstances qui lui REMÉMORÈRENT *qu'il était un des infortunés que lui, Goyet, avait connu à la conciergerie de Paris... M. Goyet serra tendrement ce compagnon de malheur.* M. Goyet ne dit point s'il serra ce *compagnon de malheur* entre ses bras, sur son cœur ou dans ses archives : toujours est-il qu'*il le serra* ; et nous devons lui en savoir infiniment degré, car le *compagnon de malheur* lui a raconté beaucoup de belles choses dont, sans cette mesure de précaution, la postérité eût peut-être été privée. Heureusement M. Goyet ; qui est bien éloigné de vouloir déshériter l'avenir, n'avait garde d'exposer la postérité à une semblable perte. « Je le reçus de mon mieux, dit-il ; je le retins le plus long-temps possible : nous nous suffîmes à nous-mêmes ». Voilà qui est fort heureux ; mais comment donc, allez-vous dire, M. Goyet publie-t-il encore des brochures, et qu'a-t-il maintenant besoin de chercher par-tout, et si péniblement, des lecteurs ? C'est, apparemment, qu'il ne *suffit pas de se suffire*, et qu'il faut avoir la charité de pourvoir aux besoins du reste du genre humain. Toutefois j'avouerai que le genre humain pourrait bien n'être pas toujours très-satisfait de son pourvoyeur. Si celui-ci ne le traitait pas mieux que, de son propre aveu, il ne traita en cette circonstance le pauvre *compagnon de malheur*. « Ce que je lui contai (c'est toujours M. Goyet qui » parle) le dégoûta de voir qui que ce fût ». Ou l'étranger était bien dégoûté, ou la conversation de M. Goyet fut ce jour-là bien nauséabonde, et lui donna une idée peu flatteuse de la société du Mans. Mais pourquoi, diantre, aussi juger la société du Mans sur un pareil échantillon ? Jusqu'à présent personne ne s'était avisé d'évaluer une pièce de drap d'après sa lisière, et d'excellent vin.... Arrêtez, profane, et n'achevez pas le blasphême que je vois errer sur vos lèvres ! Ecoutez la suite, et vous avouerez que si les historiettes de M. Goyet ne sont pas toujours très-intéressantes, celles de son camarade de prison méritent bien, ne fût-ce que sous le rapport du génie de l'*Invention*, qu'on les recueille avec

soin, et qu'on les *serre* précieusement avec son au-
teur.

» Il me confirma avec de nouveaux détails, con-
» ▓▓ue M. Goyet, toutes les horreurs que j'ai lues
» dans la *Bibliothèque historique* ». Recueil très-
véridique, comme tout le monde sait, et de la plus
grande autorité. « Mon ami était alors à Avignon,
» *caché dans la cave d'un Royaliste constitution-*
» *nel* ». N'allez pas, je vous prie, nous demander
pourquoi l'ami de M. Goyet, sans doute aussi Royaliste que lui, et de plus constitutionnel, pouvait avoir
besoin d'un asyle dans un pays où il suffisait, selon
lui, d'être *Royaliste constitutionnel* pour protéger
la vie de ses *connaissances*; n'exigez pas non plus
que je vous explique comment on pouvait voir, en
détail et si bien, tant de choses du fond d'une cave,
ni pourquoi un observateur, soigneux de tout connaître par lui-même pour en faire un jour des récits
circonstanciés et pleins d'exactitude, choisissait de
préférence une cave pour son observatoire. J'avoue
qu'on se moquait un peu autrefois des historiens qui
avaient vu les évènemens par le trou d'une lucarne;
mais je ne vois pas ce qu'on en pourrait conclure
contre les argus de soupirail; et je pense qu'on ne
saurait se refuser à reconnaître qu'il y a au moins autant de distance entre le génie des uns et des autres,
qu'on en mesure de la cave au grenier. La vérité d'ailleurs long-temps cachée au fond du puits, s'est lassée
de ne voir personne descendre dans sa froide de-
meure; elle a changé d'asyle et d'élément; mais,
comme à cause de sa nudité, elle chérit toujours les

ténèbres, elle a choisi les caves pour retraite : *in vino veritas* ; tout n'en va que mieux ; et voilà ce qui explique l'empressement de nos historiens modernes, notamment de M. Goyet et de son *compagnon de malheur*, à prendre furtivement la route de ce nouveau temple, à la première apparence des orages politiques, dont ils ont juré de transmettre le récit à la postérité.

Passons aux découvertes que l'ami de M. Goyet a faites, du fond de sa cave, à Avignon et en 1815.

Vous saurez d'abord que l'ami de M. Goyet vous a connu *en prison* (où toutefois vous n'avez jamais été, si je m'en rapporte au témoignage de quelqu'un qui pourrait bien en savoir autant qu'un autre sur votre compte). *En sortant des prisons, vous parûtes vous éloigner des républicains*, avec lesquels apparemment vous aviez été fort lié jusque là. *Vous vous rapprochâtes des nobles, et vous cultivâtes les grands du jour. L'élévation de Napoléon au consulat vous fit croire au rétablissement du pouvoir héréditaire absolu.... Votre famille entière se dévoua sans réserve à la nouvelle dynastie....* et vous fûtes nommé à une *sous-préfecture dans votre pays natal*, précisément à l'époque où, selon M. Barbier, vous occupiez *une chaire de professeur dans le séminaire où il figurait comme apprenti latiniste.* Il paraît qu'il n'y avait pas d'incompatibilité entre ces deux emplois, car, tandis que d'un côté vous faisiez trembler M. Barbier sous *votre férule*, de l'autre, *VOTRE CARACTÈRE NATURELLEMENT BON* (et c'est là ce qu'on ne vous pardonnera jamais) *VOUS*

FAISAIT CHÉRIR DE VOS ADMINISTRÉS......, La première restauration s'opéra : vous fûtes nommé préfet. Autre crime impardonnable. Pour votre malheur... *le 20 mars arriva.... vous eûtes la faiblesse d'abandonner vos administrés* (et vos écoliers apparemment).... *vous vous retirâtes dans une campagne isolée ;* et toutefois si je m'en rapporte à un autre n.º du *Propagateur*, vous courûtes à Paris, bien secrètement sans doute, solliciter auprès de l'Usurpateur *la présidence du tribunal de S. Calais ;* ce qui ne vous empêcha pas de *faire le métier d'espion* des royalistes dans *la campagne isolée* que vous aviez choisie pour retraite. Voilà bien des occupations à la fois, et il faut, M. J., que vous soyez un homme furieusement actif pour avoir pu suffire à toutes, surtout à une époque où vous traduisiez le roman d'O'Donnel, et où, par - dessus le marché, vous vous *amusiez à célébrer les exploits d'une pucelle,* dont l'histoire exigeait, dit-on, quelques recherches. Enfin *la bataille de Waterloo prépara la chute de Napoléon, la chambre des cent jours la consomma ;* Louis XVIII (apparemment rappelé par la chambre des cent jours) *remonta sur le trône OCCUPÉ par ses augustes ancêtres ;* ce qui revient à dire qu'il détrôna S. Louis, Henry IV et Louis XIV. *Vous crûtes alors que, par droit de légitimité, vous deviez reprendre votre poste de préfet ; vous fîtes sommer l'intrus de se retirer ;* celui-ci (et M. Goyet, tout amateur qu'il est de la *légitimité,* n'a pas l'air de désapprouver la chose) *répondit qu'il ne cesserait ses fonctions qu'à vue des ordres du Roi. Enfin,* après quinze jours d'une ennuyeuse anxiété, vous reçûtes *VOTRE NOMINATION*, et vous vous fîtes *installer* successivement préfet de la Sarthe, sous-préfet de S. Calais et procureur du Roi près le tribunal du Mans, sans renoncer à votre chaire de professeur au séminaire. Ah! M. J., quel abus! quelle accumulation de pouvoirs hétérogènes et incompatibles! quelle voracité d'emplois, et quelle rage de tout accaparer! Je ne m'étonne plus si, sous votre administration, il ne s'est plus trouvé de places pour les *républicains purs*, pour les *vétérans de la révolution*; je ne m'étonne plus que les *percepteurs aient été destitués*, beaucoup de citoyens desarmés et rayés des contrôles de la garde nationale: on découvrira quelque jour que vous vous étiez fait percepteur en trois ou quatre endroits à la fois, et que vous prétendiez vous réserver à vous seul, dans toute l'étendue de votre département, la faculté de braconner et le plaisir de monter la garde.

Doué d'un *caractère naturellement bon* (1), *né avec des inclinations douces et obligeantes, instruit, sobre, CHARITABLE, désintéressé* (2), *vous ne tardâtes pas à faire entendre LES RUGISSEMENS D'UN LION sorti du désert et AFFAMÉ DE PROIE ET DE CARNAGE* (3). *Vos nouveaux amis rentrèrent avec vous* (on ne dit pas où); *plusieurs pénétrèrent par pelotons dans les maisons des patriotes, les désarmèrent, les injurièrent;* du fond de votre

---

(1) Propagateur, XIII.e Extrait, page 203.
(2) Propagateur, XIII.e Extrait, page 208.
(3) Propagateur, XIII.e Extrait, page 204.

séminaire, *vous approuvâtes cette conduite par votre silence*, bien différent de votre predécesseur,
qui s'occupa jour et nuit à neutraliser, dans une
circonstance pareille, *LE DÉSESPOIR DES TROU-
PES ÉTRANGÈRES qui remplissaient la ville* A ne
vous point mentir, je ne me rappè'e pas avoir vu,
dans la ville du Mans, *des troupes étrangères au de-
sespoir*, et un préfet s'efforçant *de neutraliser ce de-
sespoir*; mais cela ne fait rien au mérite de l'histo-
riette. *Les braves qui revenaient paisiblement des
bords de la Loire... reçurent plus d'humiliations
dans le chef - lieu de CE DÉPARTEMENT* (vous
voyez bien qu'il s'agit du département de la Sarthe)
*que dans aucune autre ville de France. L'HIS-
TOIRE LE DIRA* (d'après M. Goyet), mais *NOS
NEVEUX NE POURRONT LE CROIRE*, ni même les
contemporains, malgré le témoignage de M. Goyet;
ce qui est vraiment désespérant.

D'après cet exposé plein de raison et de sagesse,
vous voyez bien, M. J., que vous ne pouvez échapper aux peines les plus graves, qu'en invoquant l'ar-
ticle 64 du code pénal, que M. Goyet vous indique
avec sa générosité naturelle : *Il n'y a ni crime, ni
délit, lorsque le prévenu était en état de démence
au moment de l'action.* L'un de vous deux est fou,
archi-fou ; et certainement ce n'est pas M. Goyet.

*Ah ! M. J , vous n'avez jamais su apprécier les
hommes indépendans par caractère... les libéraux,
les républicains purs*, les Goyet, les Barbier, les N.
*Vous avez eu LA MALADRESSE DE LES PERSÉ-
CUTER*, c'est-à-dire de les éloigner de tous les em-

plois, et voilà ce qui vous en revient. Vous êtes un homme perdu ; toutes vos places vont vous échapper, et ces messieurs ne tarderont pas à s'élever un trône sur les débris de vos grandeurs. Déjà leur noble dévouement a reçu une partie de sa juste récompense dans l'estime et l'admiration publiques. Déjà les titres les plus pompeux leur sont décernés par la reconnaissance nationale ; en vain le *colonel des écrevisses* s'efforce-t-il, avec sa modestie et sa prudence ordinaires, de se dérober à l'éclat de sa gloire ; elle le poursuit dans sa retraite ; elle s'attache à tous ses pas. M. Barbier se montre plus digne chaque jour de ce beau surnom de *Rigomer II*, dont il fut gratifié à l'unanimité par la voix populaire (*vox populi, vox Dei*), dès l'apparition de ses premiers pamphlets ; et quoique M. Goyet ait déclaré en propres termes, dans l'un de ses Propagateurs, qu'il est né extrêmement *poltron* ; comme il dit ailleurs que, *s'il était poltron, il serait déjà mort de peur*, et qu'il n'est pas mort ; il ne saurait éviter d'être hautement proclamé le *brave et l'immortel.* Qu'aurez-vous à opposer à ces titres magnifiques devant cet *inexorable tribunal de l'opinion publique*, auquel M. Goyet vient de vous citer ? Que pourrez-vous mettre en balance avec les éminens services rendus à la patrie par ces généreux défenseurs de la liberté, de la raison et de la morale ? Invoquerez-vous le témoignage de ces administrés dont M. Goyet avoue que *vous vous fîtes chérir* quand, sous le régime impérial, vous administriez une sous - préfecture ? On vous reprochera aussitôt de n'avoir pas trahi, au moment de sa

chute, l'homme à qui vous aviez fait serment d'obéis-
sance au temps de ses prospérités, et quand l'Europe
entière le reconnaissait empereur. Parlerez - vous de
ce refus que vous fîtes , après le 20 mars , d'obéir
aux ordres de ce même homme , qui , après vous
avoir délié de votre serment , revenait vous sommer
de manquer à celui que vous aviez fait au Roi légitime? On vous reprochera de n'avoir pas trahi le Roi
légitime , et d'avoir continué à servir sa cause sous
les bayonnettes des cent jours. On se récriera sur
cette honte ineffaçable, on appelera *métier d'espion,
infâme rôle ,* vile et *honteuse conduite ,* les efforts
périlleux que vous fîtes pour assurer le triomphe de
l'étendard des lis ; car les *vrais amis de la légitimité*
ont, je ne sais pourquoi, la plus grande horreur pour
tout ce qui tendait au rétablissement du Roi pendant
ce temps de fâcheuse et diabolique mémoire. Rap-
pelerez-vous certain voyage , dont les circonstances
sont restées gravées dans tous les cœurs dignes de
s'en souvenir ? Eh bien , répondra-t-on , vous vous
êtes dévoué pour votre département ; vous avez été
emmené à Magdebourg ; cela peut être , et nous ne
voulons pas le nier , parce que trop de gens en ont
été témoins ; mais notre dévouement n'égale-t-il pas,
ne surpasse-t-il pas infiniment le vôtre ? Vous vous
êtes laissé emmener à Magdebourg , et nous , nous
avons écrit *Pierre au sermon ,* le *Vase de Reims* et
les *Propagateurs !!!*

Ma foi , M. le professeur-sous-préfet-préfet-procu-
reur du Roi , je serais fort en peine de deviner ce

que vous pourriez répondre à de pareilles attaques ,
à de si terribles argumens.

O temps heureux, ô jours de prospérité et de gloire
nationale , où MM. Barbier, Goyet , N. et consorts,
remporteront enfin , sur l'oppression et la tyrannie ,
le triomphe dont ils sont si dignes par leurs vertus ,
et que méritent si bien leur dévouement et leur cou‑
rage; hâtez-vous , venez consoler le département de
la Sarthe , fermer toutes ses plaies et guérir toutes ses
douleurs. La population toute entière de ces contrées
vous appèle de ses vœux , et son impatience n'est
adoucie que par l'espoir bien fondé que vous ne sau‑
riez vous faire attendre long-temps encore. Pour moi,
je jouis déjà en idée, et par anticipation, du bonheur
que vous nous apportez.

« Est-ce l'esprit divin qui s'empare de moi?
» C'est lui-même : il m'échauffe, il parle, mes yeux s'ou‑
   » vrent » ; (1)

et vos solennités s'offrent à ma vue. Les rues du Mans
sont tapissées... de proclamations et moniteurs; un arc
de triomphe est élevé à Pont-Lieue ; trois héros parais‑
sent, montés sur de fringans palefrois , et sont à l'ins‑
tant salués des acclamations de la multitude. M. Goyet,
tout farci de lauriers , jusques dans ses culottes (car
M. Goyet a des culottes), occupe la première place
dans le cortège , et lance généreusement à droite et à
gauche , par forme de largesse , les cahiers du *Pro‑
pagateur*. M. Barbier fait admirer la grâce avec la‑
quelle il conduit son destrier , sans blesser personne,
au milieu d'une foule *excitée par la plus vive curio‑*

____

(1) Racine, Athalie.

(15)

sité, et empressée de contempler ses traits. *La bride d'un charlatan* décore son bucéphale ; un bouquet de fleurs flétries et tant soit peu violettes orne sa boutonnière. M. N. caracole à gauche , au milieu d'une pluie de fleurs qu'une foule de jeunes beautés répandent à grands flots sur lui, du haut de tous les balcons et de toutes les fenêtres. Couronné de roses , armé d'un arc et d'un carquois , c'est Pâris , Endymion , Adonis ou l'Amour.

Le noble triumvirat arrive enfin à la préfecture et s'y établit , probablement *par droit de légitimité* ; un grand banquet réunit les *vrais patriotes , les républicains purs*, les *vétérans de la révolution* ; on y porte je ne sais combien de *toasts* plus édifians les uns que les autres ; le *vase de Reims* sert de coupe et circule de main en main M. Goyet découpe avec *sa francisque* , et M. Barbier se sert du potage dans *son bouclier*. Bientôt les cœurs s'épanouissent ; l'abandon et la confiance règnent sur tous les visages ; chacun raconte ses longues infortunes ; *le compagnon de malheur* fait à l'assemblée le récit de tout ce qu'il a observé dans sa cave ; des larmes d'attendrissement coulent d'un côté , tandis que de l'autre des voix généreuses entonnent les airs chéris de la patrie. A ce signal , tous les conviés se lèvent , les verres s'entrechoquent et se brisent , les acclamations se confondent ; chacun veut joindre sa voix à ce noble concert :

« La musique sans doute *en est* rare et charmante :
» L'un traîne en longs fredons une voix glapissante,
» Et l'autre l'appuyant de son aigre fausset,
» Semble un violon faux qui jure sous l'archet ». (1)

____

(1) Boileau , Satire III.

Bientôt les têtes s'échauffent, les esprits s'enflam-
ment ; on se contredit, on se dément, on s'injurie ;
les coups de poing et les coups de pied pleuvent à
droite et à gauche ; les assiettes volent, les bouteilles
s'entreheurtent, les flambeaux s'éteignent, la table
est renversée, le sang et le vin coulent confondus.
Au milieu de ce tintamarre, M. N., secrétaire gé-
néral, s'approche de M. Goyet, la plume à la main ;
M. le préfet signe quelqu'arrêté bien libéral, enfonce
sur ses yeux et sur ses oreilles un bonnet dont je vous
laisse à deviner la couleur, et va rêver dans son lit
aux progrès de la raison humaine, au perfectionne-
ment de la morale, et à la prospérité des nations.

Tableaux charmans, avenir délicieux, pourquoi
faut-il que vous ne soyez encore que le rêve de l'es-
pérance, et que MM. Goyet, Barbier et N. soient
réduits, au lieu de remplir le *mémorial administra-
tif* des sublimes conceptions de leur génie, à ne faire
encore imprimer que des *précepteurs en défaut* et des
propagateurs.

FIN.